AF385341

L'ENQUÊTE

CERCLE DES TRAVAILLEURS

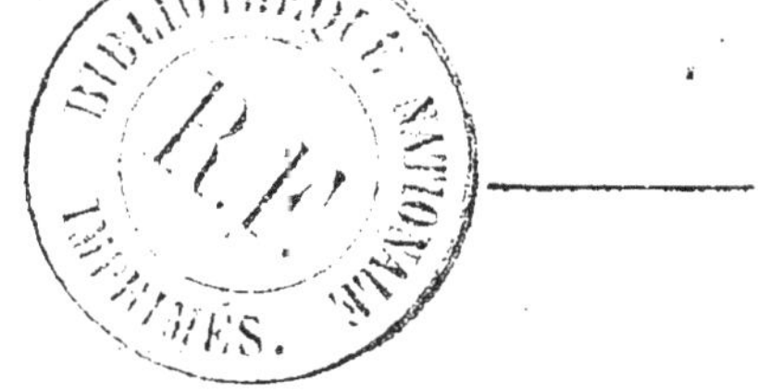

SES PRINCIPES & SON BUT

Prix : 10 centimes.

SANCERRE

IMPRIMERIE ET LITHOGRAPHIE A. AUPETIT.

1876

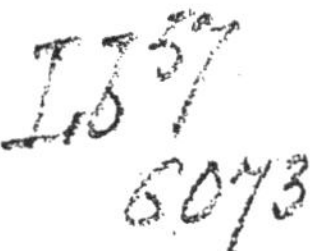

L'ENQUÊTE

CERCLE DES TRAVAILLEURS

SES PRINCIPES ET SON BUT

La démocratie pacifique vient d'obtenir un premier et très-important succès : elle a démontré sa puissance et sa sagesse.

A nous tous, citoyens, qui composons cette démocratie, de nous comprendre, de nous unir pour marcher ensemble dans une même pensée de justice fraternelle, afin de continuer et de compléter ce succès.

Les hommes généreux qui vivent et qui souffrent avec la masse du peuple, peuvent seuls travailler efficacement aux améliorations sociales, aux réformes nécessaires à notre perfectionnement.

*
* *

Nos pères ont livré le grand combat; ils ont lutté vaillamment contre les abus : vénérons leur mémoire et profitons des enseignements qu'ils nous ont laissés.

Mais, si nous devons comme eux être fermes et

désintéressés pour faire triompher nos principes, nous n'avons plus à employer les mêmes moyens.

L'histoire de la lutte de cent ans, **qui finit**, doit nous apprendre qu'une ère nouvelle commence pour nous.

C'est la lutte encore, lutte qui sera longue et pénible, il ne faut pas se le dissimuler ; lutte qui profitera plus à nos enfants qu'à nous-mêmes. Cependant, ce que nous obtiendrons au temps présent nous donnera au moins la satisfaction de penser que nous aurons utilement travaillé pour les générations à venir.

*
* *

Notre Cercle des travailleurs a un but très-sérieux qu'il cherchera à atteindre par tous les moyens légaux : il veut purifier le suffrage universel pour obtenir la véritable représentation nationale.

Les intérêts sociaux ont été jusqu'à présent bien inégalement représentés, et c'est cette inégalité qui a maintenu jusqu'ici la rivalité entre ce qu'on appelle les classes de la société, rivalité qui s'est trop souvent traduite en guerre civile. Les révolutions, les guerres civiles ne sont que l'explosion de rancunes longtemps contenues.

On a pu imposer aux Français le premier Empire ; la France a dû subir les Bourbons, imposés par la coalition des souverains étrangers ; elle s'est laissée tromper par Louis-Philippe et son gouvernement ; elle s'est laissée violer, amoindrir, démoraliser par les hommes du Deux-Décembre.

Mais, dans un jour de colère, elle a toujours su renverser la tyrannie et faire connaître son intention d'en revenir aux principes de la République démocratique.

Il est donc sage, pour prévenir de nouveaux déchirements, d'organiser le gouvernement de la véritable démocratie qui nous donnera la paix sociale.

Car nous n'aurons la paix sociale assurée que lorsque chaque citoyen aura, dans notre société, la place qu'il mérite, la place qu'il a droit d'y occuper par ses talents et par ses vertus.

*
* *

Lorsque la République assurera à tous les citoyens les moyens de grandir moralement et matériellement, en donnant à l'homme tout son développement; quand. les plus dignes, les plus généreux, les plus justes gèreront les affaires publiques; quand nos réprésentants, au lieu d'être pris dans une aristocratie, seront choisis avec discernement dans le peuple entier pour défendre tous ses intérêts, — surtout les intérêts des faibles qui sont toujours les plus respectables, — alors, mais seulement alors, nous aurons le paix sociale.

*
* *

Nous arriverons assez promptement à cet idéal, si tous les hommes dévoués à la démocratie par principes de solidarité fraternelle et d'humanité peuvent se faire comprendre de tous ceux qui veulent la justice dans le devoir comme dans lè droit.

C'est pour servir ces idées que le CERCLE DES TRAVAILLEURS fait appel, dans un esprit de concorde et d'union, à tous les citoyens qui souffrent de l'état actuel des choses et qui désirent obtenir régulièrement des améliorations progressives.

*
* *

Lorsqu'une question scientifique importante est à l'ordre du jour, les savants compétents se réunissent pour l'étudier, et ils font tout ce qu'ils peuvent pour résoudre les problèmes posés ;

Quand une maladie épidémique désole une contrée, les médecins recherchent le principe du mal et les moyens de le faire disparaître ;

Il y a tous les jours des réunions d'hommes que des intérêts rassemblent ; ils mettent en commun leurs lumières, afin de prendre les mesures les plus convenables pour faire réussir leurs entreprises et pour sauvegarder leurs intérêts.

Ces savants, ces médecins, ces hommes d'affaires, nous indiquent à nous, travailleurs, ce que nous devons faire.

Nous aussi, nous devons nous grouper pour chercher à guérir le mal qui, comme la lèpre, s'étend d'une manière effrayante sur tout le corps social.

Nous ne devons pas craindre de mettre à nu les plaies hideuses qui nous dévorent, et que certaines gens trop pudiques voudraient cacher aux yeux. Pour connaître un grand mal, il faut le voir dans toute sa laideur.

*
* *

Dans notre société française, il y a des côtés brillants et des côtés sombres ; mais le remède est à côté du mal.

Il dépend de nous, travailleurs, d'éclairer les côtés sombres, et ensuite nous pourrons vivre dans la paix et dans l'union.

Notre société a été transformée par la révolution, à la fin du xviiie siècle ; puis, le progrès a été entravé dans sa marche par l'Empire ; nous ressentons cruellement aujourd'hui les effets de cet arrêt forcé.

Au lieu d'harmoniser, dans une juste mesure, les rapports des citoyens entre eux, les monarchies qui se sont succédé, ont mis tout en œuvre pour troubler les esprits et les intérêts.

Quelques-uns ont eu tous les avantages, toute l'influence et en ont abusé ; les autres, le grand nombre, leur a servi de marchepied. Par les préjugés, les vices, l'ignorance et une foule d'autres moyens, on a annulé la force du nombre : on a divisé pour régner.

*
* *

Devons-nous employer pour nous relever la force brutale et les moyens indignes que l'on a trop souvent employés contre nous ? Non. Contentons-nous d'employer la force du droit, appuyée sur la justice.

Le Cercle des Travailleurs se propose d'étudier les réformes pratiques, qui peuvent améliorer le corps et l'esprit des citoyens, en améliorant la position sociale de chacun.

Il veut le faire avec des intentions bienveillantes pour tous ; sans hostilité contre les heureux du monde, mais en vue de faire disparaître peu à peu toutes les causes qui perpétuent la misère et ses conséquences funestes : les vices et l'ignorance.

Les réformes que poursuivra le Cercle des Travailleurs et qu'il espère obtenir, auront pour résultat de faire cesser cet antagonisme fatal qui met la division entre les hommes.

Notre Cercle mettra tous ses soins à rapprocher les travailleurs des campagnes des travailleurs des villes, pour qu'ils agissent ensemble au relèvement des personnes qui ne sont pas irrémédiablement indignes.

Le travail amélioré, protégé par des lois libérales ; l'éducation, l'instruction nationale et anti-cléricale produiront, dans notre pays, les changements que nous désirons.

Le Cercle des Travailleurs croit pouvoir compter sur l'union et le dévouement de ses Membres, pour hâter cette importante révolution pacifique.

Le Cercle des travailleurs favorisera toutes les entreprises populaires qui lui paraîtront avantageuses à la nation.

Il mettra en rapport les hommes dévoués aux principes démocratiques qui voudront travailler aux réformes sociales : — ce rapprochement d'ouvriers de tous états aura l'avantage d'agrandir les idées et les sentiments de fraternité.

Le Cercle favorisera la formation de sociétés coopératives de production, de consommation et autres ; — il étudiera celles qui existent et aidera, s'il le peut, à les étendre et à les perfectionner.

Son intervention bienfaisante pourra déterminer la solution de difficultés plus apparentes que réelles, qui empêchent souvent la création ou la réussite des meilleures institutions.

**

Le Cercle des travailleurs sera une espèce de jury arbitral, qui étudiera toutes les questions sociales au point de vue pratique.

Il se propose de pacifier les esprits, en faisant disparaître les luttes et les antipathies entre les travailleurs.

Il interviendra, quand il le pourra, pour procurer du travail et pour soulager les misères respectables, par l'organisation de souscriptions, en attendant que l'on puisse faire mieux.

Lorsque le Cercle des travailleurs sera bien connu et qu'il aura produit des actes importants, on viendra très-certainement le consulter dans les circonstances importantes et difficiles ;

Il sera toujours à la disposition de ceux qu'il pourra servir, et, pour faire le bien, pour mériter la confiance populaire, il cherchera à concilier les intérêts par la vérité dans la justice.

**

Il est une très-importante question sociale, que le Cercle des travailleurs prend particulièrement à cœur de résoudre favorablement pour le bien du pays ;

C'est le rapprochement des travailleurs des campagnes et des villes : l'ignorance et la perfidie ont fait naître des rivalités qui doivent cesser.

La raison le veut, et nos intérêts, aux uns comme aux autres, réclament cet accord indispensable.

Le Cercle emploiera tous les moyens légaux pour communiquer avec les campagnes, pour démontrer à tous la nécessité de l'union dont nous parlons.

Nos bonnes et bienveillantes paroles, aux hommes des champs, leur feront comprendre que leurs intérêts sont solidaires avec les nôtres ;

Que notre union nous donnera la force, et le suffrages universel la justice que nous réclamerons au nom de l'égalité civile et de l'équité.

La République doit être favorable aux ouvriers en général, mais surtout à ceux des campagnes qu'elle va émanciper, par l'instruction et par des institutions favorables à la liberté, à la dignité humaine.

Réclamez avec nous des réformes, travailleurs des champs, afin d'obtenir ensemble des améliorations ; nous voulons, comme vous, l'ordre et la paix ; comme vous aussi, nous voulons que notre sort s'améliore.

*
* *

Notre Cercle ne fera pas de politique irritante, mais il est impossible, à des citoyens qui veulent travailler dans l'intérêt du pays, de ne pas s'occuper de politique ; nous en ferons beaucoup au contraire, et nous tâcherons d'en faire de la bonne, pour que notre action, en ce sens, soit très-utile à nos concitoyens.

Nous étudierons les hommes politiques sans passion, mais avec une sévère justice : nous savons leurs promesses, nous apprécierons leur conduite et leurs actes.

Nous rechercherons dans la masse du peuple des

hommes sérieux, capables et dignes de nous représenter, et nous serons heureux si, dans quatre ans ou plus
tôt, nous pouvons contribuer à faire arriver à la représentation nationale des hommes de tous états : labou-
reurs, vignerons, artisans, afin que la démocratie soit
une vérité et que tous les intérêts aient voix dans les
conseils de la nation.

Pour défendre nos idées politiques et sociales,
nous créerons un journal qui s'occupera spécialement
des besoins populaires, des améliorations et des
réformes de toutes sortes que notre société actuelle
doit subir pour donner à tous les citoyens une plus
grande somme de bien-être.

Ce journal, rédigé par les travailleurs eux-mêmes,
sera une tribune accessible à tous ceux qui auront des
idées pratiques à émettre sur les réformes devenues
nécessaires, indispensables, et sur une meilleure organisation du travail.

Nous faciliterons le pétitionnement pour faire connaître nos besoins à nos représentants, afin d'obtenir
les satisfactions auxquelles nous avons droit.

Le titre de notre Cercle et de notre journal sera
une vérité : nous ferons une enquête permanente sur
les hommes et les choses, en vue de tout améliorer.

*
* *

Le Cercle des Travailleurs a un autre grand devoir à remplir, auquel il ne faillira pas : c'est de s'occuper de l'instruction du peuple.

Nous ferons pour cet objet important tout ce qu'il

nous sera possible, en dehors de notre cercle, pour favoriser l'enseignement démocratique.

Quant au Cercle lui-même, il aura pour ses Membres des cours, des conférences, des bibliothèques et des lectures publiques.

Les conversations sérieuses et les habitudes régulières des Membres du Cercle serviront puissamment, par l'exemple, à la moralité publique.

Le Cercle des Travailleurs s'occupera autant du perfectionnement moral de l'humanité que de son intérêt matériel : nous voulons agrandir l'esprit et les sentiments des citoyens sans négliger leur bien-être ; car il faut l'un et l'autre pour faire l'homme complet.

*
* *

Notre Cercle veut tout faire au grand jour ; notre entreprise est trop généreuse, nos intentions trop pures, notre influence trop favorable à l'ordre véritable pour que nous ayons rien à craindre des agents de l'administration républicaine.

Nous n'avons encore eu que des réunions privées pour étudier notre projet et pour nous grouper, mais bientôt nous aurons un local, et l'autorité recevra notre déclaration.

*
* *

Notre œuvre philantropique est appréciée comme elle mérite de l'être ; les hommes dévoués et désintéressés ont toujours été nombreux en France parmi les travailleurs. Leur empressement, que beaucoup mettent au service des idées que nous venons de développer, en est une nouvelle preuve. Travaillons donc ensemble, résolûment et sans nous lasser, car nous avons entrepris un rude labeur.

Aux maladies sociales, qui nous affligent et nous humilient, nous ne prétendons pas apporter des moyens aussi peu efficaces que la charité matérielle : l'aumône ; nous voulons donner notre âme : la charité de l'amour fraternel.

Amis de l'humanité, à l'œuvre ! Le mal est grand, immense ; le travail sera long et pénible. A l'œuvre ! Plus de phrases inutiles, plus de luttes personnelles.

« L'amour est plus fort que la guerre ; » pas de colère, mais du courage ; soyons patients, vigilants et opiniâtres.

A chaque jour sa tâche : un progrès aujourd'hui, une amélioration demain, et ainsi toujours. « Tout pour le peuple, tout par le peuple. » Le peuple, c'est la nation tout entière, sans aucune distinction, sens aucun privilége.

Paris, le 1ᵉʳ mai 1876.

Les membres de la Commission d'initiative
du Cercle des Travailleurs,

Lavoisey, 9, rue du Jour, 1ᵉʳ arrond.
J. Collas, 42, rue aux Ours, 2ᵉ arrond.
Béguet, 30, rue Feydeau, 2ᵉ arrond.

E. Rattier, 62, rue de Gravilliers, 3ᵉ arr.
Marcelin, 14, rue Maître-Albert, 5ᵉ arrond.
A. Grand, 14, rue Beethoven, 16ᵉ arr.
Ferdinand Vincent, 58, rue Blomet, 15ᵉ ar.
Genty, 113, rue du Mont-Cenis, 18ᵉ arr.
Eugène Chevallier, 11, rue Gabrielle, à
Montmartre.
Bessières, 3, rue Vilin, 20ᵉ arrond.

Adresser les renseignements au citoyen Eugène Chevallier, 11, rue Gabrielle, à Montmartre.

Paraîtra prochainement :

L'ENQUÊTE

Journal des Travailleurs

Cet organe, rédigé par les travailleurs eux-mêmes, sera une tribune accessible à tous ceux qui auront des idées pratiques à émettre sur les réformes devenues nécessaires, indispensables et sur une meilleure organisation du travail. Ce journal justifiera son titre en poursuivant une enquête permanente pour connaître les abus. Il mettra, en outre, tous ses soins à rechercher les remèdes les plus efficaces pouvant guérir les plaies de notre société.

Sancerre. — Imprimerie de A. AUPETIT.

L'ENQUÊTE

CERCLE DES TRAVAILLEURS

Prix : 10 centimes.

SANCERRE

IMPRIMERIE ET LITHOGRAPHIE A. AUPETIT.

1876

L'UNION FAIT LA FORCE

—

Les Membres de la Commission d'initiative du Cercle des Travailleurs croient utile d'exposer, dans une série de brochures, l'importance de l'œuvre que le Cercle se propose d'accomplir.

Ce deuxième cahier a pour objet de faire comprendre à nos concitoyens l'importance de l'union, les conditions de cette union et les avantages qui doivent en résulter en augmentant la force des travailleurs, et, par conséquent, leur dignité et leur bien-être.

Nous avons beaucoup réfléchi sur la marche que nous devons suivre, sur les précautions que nous devons prendre pour assurer à notre entreprise le succès que mérite notre institution philantropique, et nous venons fraternellement vous soumettre nos réflexions.

*
* *

Lorsque nous avions un monarque qui se disait notre maître en vertu d'un prétendu droit divin, nous devions combattre ce mensonge, cette usurpation.

Mais aujourd'hui que nous avons le gouvernement de la volonté nationale, nous devons soutenir ce gouvernement et travailler à le rendre de plus en plus parfait.

Le meilleur moyen d'améliorer notre gouvernement républicain, c'est de nous améliorer nous-mêmes, nous tous qui formons la nation ; c'est la révolution que notre Cercle veut accomplir ; c'est la révolution qu'il accomplira.

Pour obtenir cet important résultat, il nous faut la foi, l'union et la persévérance.

La foi, nous l'avons et nous la communiquerons à nos adhérents ; l'union, nous ferons tout pour l'obtenir, et nous l'obtiendrons ; la persévérance deviendra facile, ayant la foi et l'union : c'est donc à former l'union que nous devons travailler.

*
* *

L'union, il ne faut pas se le dissimuler, est une chose difficile à obtenir ; car on a jusqu'à ce jour employé tous les moyens pour nous diviser afin de nous affaiblir.

Dans l'état de désordre et d'anarchie où nous trouvons la nation française, que devons-nous espérer et tenter ? L'union intégrale et immédiate de tous nos concitoyens sans distinction ? C'est bien là notre but final ; mais ce résultat si désirable ne peut être atteint qu'avec le temps.

Ce que nous pouvons, ce que nous devons faire, c'est de former un groupe d'apôtres de la justice démocratique qui, de victoire en victoire, étendra son action de proche en proche sur tous les citoyens de notre pays dans un temps plus ou moins prochain.

Quant au temps présent, occupons-nous de relever et de soutenir ceux qui souffrent. Unissons notre faiblesse, travailleurs des villes et des compagnes, et, au nom du droit et au nom de la justice, réclamons la réforme des abus dont nous souffrons ; demandons les améliorations matérielles et morales que la République peut et doit nous donner sans retard.

*
* *

Venez avec nous pour nous aider, vous tous qui

vivez péniblement d'un travail quotidien et qui, comprenant les sentiments généreux de la solidarité fraternelle, avez le courage nécessaire pour combattre l'injustice et les priviléges.

Soyez aussi des nôtres, vous qui nous approuvez, mais qui, pour un motif quelconque, croyez devoir rester en dehors de notre Cercle ; votre concours peut nous être très-avantageux ; suivez avec intérêt nos travaux ; faites lire nos brochures, faites comprendre autour de vous nos intentions et nos espérances : vous contribuerez pour une grande part à l'union cherchée dans l'intérêt de tous.

Quant à vous, qui n'avez pas l'esprit assez grand, le cœur assez généreux pour nous comprendre, restez dans votre isolement égoïste ; nous travaillerons pour vous, malgré vous, et si un jour vos sentiments deviennent plus humains, nous ne vous garderons pas rancune : nous vous recevrons.

Nous ne sommes pas des intransigeants, nous ne pouvons, nous ne devons pas l'être, puisqu'on ne peut faire la conciliation et l'union que par des transactions ; mais, dans l'intérêt de notre œuvre, nous serons fermes sur les principes et nous ne nous imposerons jamais que des transactions honnêtes et honorables.

*
* *

Nous aurons besoin d'une grande prudence pour servir cette grande cause démocratique pour laquelle nous nous dévouons ; mais en suivant droit notre chemin, en mettant beaucoup d'abnégation au service de l'intérêt général, nous obtiendrons la juste considération à laquelle nous aurons droit.

Nous n'aurons pas à nous préoccuper de certaines

critiques, mais nous devrons prendre en sérieuse considération les avis bienveillants que les amis du peuple voudront bien nous donner, dans l'intérêt de l'Enquête que nous poursuivons, afin de connaître toutes les plaies sociales et les moyens de les guérir.

Cette enquête doit être faite par nous, qui souffrons de l'état actuel des choses ; le concours direct de ceux qui ont une position avantageuse dans la société ne peut nous convenir, parce qu'ils ne nous inspireraient pas une entière confiance en cette circonstance.

N'agissant sous la pression d'aucun intérêt personnel, nous n'admettrons parmi nous aucun homme de coterie ; nous ne défendrons aucuns autres principes que ceux de la pure démocratie.

*
* *

Les monarchies et surtout l'Empire ont employé la corruption du sentiment public comme moyen de gouvernement. Sous les prétextes menteurs de défendre l'ordre, la religion, la famille et la propriété, ils nous ont donné l'anarchie, la corruption et la misère. — On a maintenu le peuple dans l'ignorance, tout en ayant l'air de favoriser son instruction par la création d'écoles ignorantines.

On n'a rien fait pour élever les caractères, mais, au contraire, on a favorisé tout ce qui pouvait pervertir l'esprit et le cœur, et l'on a appelé cela l'*ordre moral.*

On a paru favoriser les travailleurs et leur laisser une certaine liberté d'action, une certaine liberté de parole ; mais des agents provocateurs se sont toujours mêlés aux démonstrations démocratiques pour les empêcher de produire de bons fruits.

La République doit nous permettre de rétablir

entre nous, travailleurs déshérités, cette union démocratique qui sera notre force et en même temps la force et la dignité nationales ; car la liberté et l'union dans le bien nous donneront, avec l'instruction, la moralité et le bien-être. — La famille deviendra une respectable institution, les mœurs seront purifiées, la justice épurée et notre caractère ennobli.

Nous ne devons plus nous mettre au service d'un homme, quel qu'il soit ; nous ne devons accepter les promesses qu'on nous fait que sous bénéfice d'inventaire, nous réservant de juger l'homme par ses actes. L'histoire nous présente tant de renégats, que nous ne devons plus nous laisser tromper par les belles paroles des orateurs populaires.

Cependant, il ne faut pas non plus pousser à l'excès notre méfiance et préjuger le mal lorsque ce mal n'existe pas, lorsque celui qui accepte notre mandat a la réputation d'un honnête homme et d'un bon citoyen ; mais il est extrêmement utile que nous connaissions ceux qui doivent nous représenter dans leur vie publique et dans leur vie privée. — Oui, dans leur vie privée ; l'homme qui n'est pas convenable dans la vie de famille n'est pas digne de diriger nos affaires publiques.

Notre titre d'*Enquête* est donc convenable, car en tout et pour tout nous poursuivrons l'Enquête : — Enquête pour connaître l'étendue du mal social ; Enquête pour connaître nos concitoyens, afin de bien choisir, afin de découvrir, dans les profondeurs de la nation, ceux qui, étant bien pénétrés de nos besoins, peuvent le mieux défendre nos intérêts ; Enquête pour rechercher les meilleurs moyens à employer pour détruire les abus, pour détruire la misère, pour élever la valeur intellectuelle et morale des citoyens.

*
* *

Qu'avons-nous gagné à suivre des chefs de partis ? Ces hommes nous ont abandonnés lorsque leur ambition a été satisfaite, et toujours le pauvre peuple a payé les frais de la lutte, sans aucune compensation.

Nous entrons aujourd'hui dans une nouvelle politique pacifique qui doit améliorer le sort de tous. Nous y prendrons part à titre de citoyens libres et égaux en droit, et nous voulons peser d'un grand poids dans les conseils de la nation.

Il est donc de la plus haute importance de faire l'union entre les travailleurs : — union intelligente, qui sera utilisée au profit de la nation tout entière ; union fraternelle, qui nous donnera pacifiquement les améliorations que nous réclamons, les réformes qui sont devenues indispensables à notre relèvement.

Cette union permettra une entente en vue d'organiser le travail d'une manière équitable ; elle nous donnera les moyens de régulariser tous les rouages sociaux, et notre gouvernement, au lieu de réprimer rigoureusement, devra prévenir le mal et le guérir par de bonnes institutions.

Il s'agit de nos intérêts les plus sérieux : notre initiative est nécessaire. Travaillons donc parfaitement d'accord, afin d'obtenir justice et progrès.

*
* *

Dans toutes les entreprises philantropiques, il faut toujours qu'un groupe d'hommes dévoués prenne la tête du mouvement pour faire réussir un projet important.

Nous avons fait appel aux travailleurs de bonne volonté, et nous avons été entendus. Nous renouvelons notre appel, et nous prions tous les bons citoyens de nous venir en aide directement ou indirectement dans la grande œuvre de réparation que nous poursuivons.

Beaucoup de gens, parmi ceux à qui rien ne manque, trouveront mauvais que nous réclamions des réformes sociales, et, rappelant le passé pour l'opposer au temps présent, dirons : « Le peuple était autrefois moins bien nourri, moins bien vêtu, moins libre et moins heureux, que réclame-t-il ? »

Il est vrai que sous plusieurs rapports notre vie s'est améliorée ; la misère est moins générale et la liberté des citoyens mieux garantie qu'avant 89. Mais ce n'est qu'une première satisfaction donnée à la justice ; satisfaction bien insuffisante que les gouvernements qui se sont succédé auraient dû étendre et qu'ils ont, au contraire, restreinte le plus qu'ils ont pu.

Cependant, une foule d'ambitieux de pouvoir et de richesses ont servi le progrès national dans un but d'intérêt personnel ; il y a eu de grandes transformations chez les nations civilisées. Le peuple a puissamment contribué aux grands travaux et aux grandes découvertes ; mais il a toujours travaillé pour ses maîtres et à leur profit.

Le moment est arrivé où tous les travailleurs de notre pays doivent réclamer contre les priviléges et doivent avoir part aux avantages que la civilisation moderne peut donner à chacun et à tous.

Avec la sagesse et la volonté, qui conviennent à un peuple majeur, réclamons opiniâtrement les avantages que la société doit nous donner selon nos œuvres, et, par tous les moyens légaux, réclamons nos droits trop longtemps méconnus.

*
* *

Vous dites qu'il n'y a rien à faire, qu'à mâter le peuple pour l'empêcher de crier, *Messieurs de l'ordre moral*. — Vous vous trompez ; dans votre propre intérêt, il faut l'instruire, le moraliser, (pas à votre manière, bien entendu) ; il faut lui donner sa vraie place au soleil, et ensuite, si vous renoncez à l'opprimer, si vous consentez à vivre avec lui sur le pied de l'égalité, il oubliera ses griefs, et vous admettra dans sa République ; car, remarquez-le bien, la République que nous avons, en s'améliorant, deviendra la République du peuple, la République véritablement démocratique.

Dans la démocratie que nous rêvons, nous, travailleurs, la société n'aura plus de parasites : tous les citoyens seront utiles à la chose publique, par des moyens honnêtes et honorables. Personne ne sera plus en danger de mourir de faim, et nos filles ne seront plus exposées aux insultes aristocratiques des parvenus immoraux.

Nous ne verrons plus, dans nos rues, ces femmes dégradées vivre d'un infâme métier, après avoir été séduites par quelque libertin de bonne maison ; mais la famille sera honorée, et la vie intime, comme la vie publique, offrira partout cette heureuse harmonie qui résultera de la satisfaction complète de tous les besoins intellectuels, moraux et matériels.

Est-il bien difficile d'obtenir les résultats que nous venons d'indiquer ? Non. Il suffit de faire régner l'union entre les travailleurs et de se maintenir dans la légalité, en réclamant sans cesse et sans se lasser les réformes politiques et sociales qui sont de toute justice.

*
* *

On a beaucoup critiqué, avec raison selon nous, la politique de concessions et de compromis, portée jusqu'à la faiblesse, jusqu'à l'oubli des principes démocratiques. Nous croyons, nous aussi, que nos députés devraient suivre une règle plus correcte et mieux déterminée, pour remplir convenablement le mandat qu'ils ont reçu de nous, pour nous représenter et servir nos intérêts.

Quant à nous, citoyens travailleurs, dans nos rapports entre nous, pour bien servir nos intérêts communs, sans jamais faiblir sur les principes, nous devons être extrêmement indulgents et bienveillants pour les personnes ; ce sera le plus sûr moyen d'avoir une grande influence sur les évènements à venir.

En vivant en bonne intelligence entre nous, nous prouverons que nous avons conscience de nos devoirs et de nos droits ; et ceux qui nous gouvernent seront avertis qu'ils doivent nous servir sérieusement, afin de ne pas éprouver les effets de notre mécontentement.

Et la surveillance incessante que nous exercerons convenablement, sans parti pris, sur les hommes et sur les choses de la politique usuelle, donnera des résultats excellents. Nous jugerons tout par nous-mêmes, notre simple bon sens suffira pour nous guider sûrement dans l'appréciation de ce qui est bon et de ce qui est mauvais.

*
* *

Le soin que nous prendrons d'étudier les hommes et les choses nous fera connaître quelles sont, parmi les réformes indispensables à nos besoins, celles qui ont des chances d'aboutir promptement. Ce ne sont plus des paroles qu'il nous faut, ce sont des améliorations sérieuses que nous attendons impatiemment.

Les révolutions politiques, les progrès industriels, les entreprises commerciales ont tout bouleversé dans l'économie privée comme dans l'économie publique, et l'on n'a rien fait pour améliorer les lois qui règlent les rapports des hommes entre eux. Les travailleurs qui vivent du fruit de leur travail, souffrent horriblement de cet état de choses. Lè salaire n'est plus en rapport avec les besoins de notre époque ; l'homme craint de s'engager par le mariage dans une misère certaine, et, quand il prend femme, la mère de ses enfants doit négliger sa famille pour produire un supplément de ressources par son travail ; les enfants négligés grandissent presque abandonnés à eux-mêmes. Ce n'est pas ainsi que l'on forme des hommes forts de corps et de caractère, composant une grande nation.

*
* *

Aussi courrions-nous à la décadence, lorsque nos désastres de 1870, conséquence de ce désordre, nous ont montré l'abîme.

Nos malheurs, tout déplorables qu'ils sont, doivent nous donner, si nous sommes sages et prudents, une compensation : c'est qu'après nous avoir débarassés d'un pouvoir indigne, nous trouvions en nous-mêmes avec la République, les moyens de nous régénérer.

Pour cela, plus de luttes fratricides, plus de factions entre nous, plus de pouvoir occulte dans la nation. Réclamons l'égalité des droits, la même loi pour tous, la liberté entière de la conscience humaine ; plus de privilége pour aucune secte, pour aucune aristocratie.

La liberté de réunions et d'associations, la protection des lois : voilà ce que demandent les travailleurs ; avec cela, ils pourront prendre sans trouble leur place naturelle dans la nation.

Si de leur côté nos représentants, comprenant toute l'étendue de leurs devoirs, organisent largement l'éducation nationale et l'instruction publique anti-cléricale, de manière à détruire cet antagonisme savamment organisé contre nous par une théocratie envahissante, nous aurons devant nous un avenir serein qui facilitera l'union fraternelle que nous recherchons et que nous espérons fonder.

*
* *

Notre journal l'*Enquête,* lorsque nous nous serons fortifiés, défendra, avec modération, tous les intérêts du travail et des travailleurs. Il sera d'abord hebdomadaire : ce seront dix centimes par semaine que les travailleurs s'imposeront pour soutenir notre œuvre.

Chacun de nous suivra la politique quotidienne dans le journal de son choix. Nous avons autre chose à traiter que de faire connaître les mutations dans les préfectures ou dans la magistrature. Il y a pour nous quelque chose de plus important que la lutte spirituelle des journalistes.

Dans ces luttes, il y a à prendre et à laisser ; c'est ce que nous ferons. Nous ne disons pas que les journaux politiques sont inutiles, bien au contraire ; mais nous sommes d'avis que les questions d'organisation sociale doivent venir au premier rang dans nos préoccupations, et c'est ce premier de nos besoins que nous voulons satisfaire.

Nous signalerons dans notre journal les votes de nos députés, et nous les avertissons franchement, que nous saurons apprécier convenablement les services qu'ils nous rendront, et aussi les fautes qu'ils pourront commettre.

Nous chercherons à réagir contre l'engouement que les français ont trop facilement pour certains hommes et pour certaines idées ; nous leur rappellerons de nombreux exemples pour leur prouver qu'ils doivent être à ce sujet extrêmement prudents.

Nous ne marchanderons pas nos éloges aux belles actions ; nous louerons sans réserve les vertus civiques et démocratiques des véritables amis du peuple, et nous les défendrons contre l'injustice et l'ingratitude.

Nous mettrons un soin particulier à faire connaître les hommes de valeur perdus dans la foule, et nous rechercherons à utiliser leur modeste talent, leurs vertus au profit de tous, en les recommandant aux suffrages de nos amis, lorsque ces citoyens seront dignes et capables de nous représenter, soit au conseil municipal, soit au corps législatif.

Nous aurons, dans ces assemblées, toujours assez d'avocats éloquents ; mais nous n'aurons jamais trop d'hommes dévoués à la chose publique, d'un jugement sûr et d'une équité à toute épreuve.

Nous aurons donc mille fois raison de rechercher des hommes d'élite parmi les travailleurs, de les compléter et d'en former pour l'avenir. C'est là le but principal du Cercle et du Journal des travailleurs.

*
* *

Aucun des membres de notre cercle ne devra postuler pour obtenir une candidature ; celui qui acceptera une candidature sera considéré comme démissionnaire, car nous ne voulons pas patroñner l'un des nôtres.

Le sociétaire sorti de notre Cercle pour soutenir sa candidature dans une élection sera traité par nous comme tous les autres candidats, sans aucune préférence : notre concours sera toujours acquis au plus digne.

Pour avoir l'importance bienfaisante que notre Cercle veut obtenir et mériter, il faut que notre enquête soit tout à fait impartiale et que nos renseignements sur les candidats en présence soient d'une exactitude irréprochable ; nous ne servirons aucun intérêt personnel, aucune ambition égoïste.

Notre opiniâtreté patiente, mise au service de la justice et du droit, nous donnera une force sérieuse. Nous nous servirons de cette force pour obtenir des réformes profitables aux intérêts populaires.

Nous réclamerons avec persistance ce fameux minimum de réformes promises qui resteront longtemps lettres mortes sur le papier, si les électeurs ne réclament sans cesse jusqu'à ce qu'ils aient reçu satisfaction.

*
* *

Les servitudes qui oppriment encore beaucoup de travailleurs sont le principal obstacle au progrès. L'union se fera plus difficilement par cette raison. Ayons donc, nous qui voulons cette union indispensable, un grand fond de bienveillance pour les ignorants, pour les faibles. Instruisons-les par tous les moyens en notre pouvoir et ne désespérons jamais ; nous aurons des résultats lents, mais sûrs : l'union s'étendra avec la lumière.

Nous aurons des adversaires plus redoutables : ce sont ceux qui n'ont pas besoin de réformes et qui ne sont pas généreux. Contre ces gens-là, nous emploierons nos armes ordinaires : la raison et la volonté.

L'action pacifique, régulière, nous donnera le succès. Nous vaincrons par la sagesse de notre conduite, par l'activité de notre intervention. Mettons nous en rapport avec nos concitoyens des campagnes qui comprennent le progrès et qui peuvent le faire comprendre autour d'eux, afin d'augmenter l'importance de notre œuvre.

Les mille de Garibaldi ont fait des prodiges en Italie parce qu'ils avaient la foi et le courage. Réunissons dans une même pensée mille apôtres de l'humanité, et nous ferons plus pour la France que ces patriotes n'ont fait pour l'Italie !

*
* *

Lorsque notre République aura produit tous ses fruits ; lorsque l'esprit du bien aura rapproché les hommes et réduit le mal à l'impuissance ; lorsque nous serons plus instruits et que nous saurons pratiquer régulièrement les droits et les devoirs civiques, alors nous n'aurons rien à craindre pour l'avenir de nos institutions démocratiques, l'union sera faite et l'égalité civile et politique sera une vérité.

Mais, d'ici là, nous aurons beaucoup à faire pour maintenir nos droits et notre liberté ; il est donc très-important que les travailleurs marchent d'accord pour obtenir légalement la justice qui leur est dûe.

Redoutons la guerre étrangère comme nous redoutons la guerre civile : la guerre est favorable aux despotes et funeste aux nations. La paisible et ferme conduite des travailleurs réclamant avec ensemble de justes réformes ne peut manquer d'aboutir à un résultat heureux.

Que pourrait-on opposer à nos réclamations unanimes, à la voix du peuple fort et patient, attendant avec dignité et avec confiance la justice et la paix sociale qu'il veut défendre ?

Non, citoyens, rien ne peut résister à cette grande voix de la misère demandant en termes convenables, aux députés que le peuple a nommés, les améliorations sociales qui lui permettront de travailler paisiblement au bonheur commun, à la prospérité et à la gloire de la France !

Aidez-nous donc, travailleurs des villes et des campagnes, et l'union, qui fait la force, nous donnera les avantages que nous réclamons tous.

Paris, le 1er juin 1876.

Les membres de la Commission d'initiative
du Cercle des Travailleurs,

Lavoisey, 9, rue du Jour, 1er arrond.
J. Collas, 42, rue aux Ours, 2e arrond.
Béguet, 30, rue Feydeau, 2e arrond.
E. Rattier, 62, rue de Gravilliers, 3e arr.

A. GRAND, 14, rue Beethoven, 16e arr.

Ferdinand VINCENT, 58, rue Blomet, 15e ar.

GENTY, 113, rue du Mont-Cenis, 18e arr.

Eugène CHEVALLIER, 11, rue Gabrielle, à
Montmartre.

BESSIÈRES, 3, rue Vilin, 20e arrond.

La troisième brochure aura pour titre :

Le MAL. — *Le REMÈDE.*

Adresser les renseignements à M. Eugène
CHEVALLIER, 11, rue Gabrielle, à Montmartre.

Sancerre. — Imprimerie de A. AUPETIT.

Paraîtra prochainement :

L'ENQUÊTE

Journal des Travailleurs

Cet organe, rédigé par les travailleurs eux-mêmes, sera une tribune accessible à tous ceux qui auront des idées pratiques à émettre sur les réformes devenues nécessaires, indispensables et sur une meilleure organisation du travail. Ce journal justifiera son titre en poursuivant une enquête permanente pour connaître les abus. Il mettra, en outre, tous ses soins à rechercher les remèdes les plus efficaces pouvant guérir les plaies de notre société.

Sancerre. — Imprimerie de A. AUPETIT.